마음 밖의 풍경

박노식 시집

마음 밖의 풍경

달아실시선
53

달아실

일러두기

1. 본문에서 하단의 〉는 '단락 공백 기호'로 다음 쪽에서 한 연이 새로 시작한다는 표시임.
2. 보조 용언과 합성 명사의 띄어쓰기 등 본문의 맞춤법은 시인의 의도에 따른 것임.

시인의 말

나에겐
거울이 없다
하지만
흰 벽,
앞에서 얼굴을 만지면
뜨거워진다
영아,
사랑하니까 부끄러운 것처럼
비가 온다
비가 오고 있다

2022년 봄
박노식

차례

마음 밖의 풍경

2부

3부

1부

꽃망울

산새가 오래 머물다 떠난 매화나무는 며칠을 앓는다

가지마다 신열이 끓고 점점이 꽃망울을 달았다

붉은 꽃망울은 나가지 않으려고 밖으로 밀려나지 않으려고 자기 안에서 한 번 맺혀보려고 그러니까 속으로 한 번 꽃 피워보려고 혀를 깨물어버린 것이다

얼마 전 누이가 다녀갔고 한 그리움이 지나갔다

상실

흰 꽃이 모두 져서 뜰이 어둡다

꽃이 떠나는 건 하늘이 가까이 내려왔기 때문이지만 가시를 손에 쥔 아이처럼 발가락이 곱는다

바람을 못 견딘 꽃들은 나를 어둔 방에 가둔다

봄, 아침 해가 보내는 눈빛

봄이 오고, 산정의 아침 해가 한 뼘 능선 아래로 내려왔다

공처럼 가벼워진 해,

지상의 모든 사랑이 저 눈빛처럼 아프지 않기를……

겨우내 젖은 눈과 뜨락의 근심과 처마 밑의 외로움이 풀리고 방이 환해졌으니, 이제 어딜 가보아야지

내일 아침은 뜨건 국물로 몸을 데우고 동구 밖 목련에게로 가서 그의 굳은 볼에 내 가슴을 맞춰봐야지

그가 놀라서 눈 뜨는 걸 보고 또 보고, 또 보아야지

나보다 더 선하고 큰 다정함을 간직한 새

떨어진 동전을 물고 가지 못하는 새의 부리를 본 날이 있었어요

아, 아 하고 안타까운 소리를 내어보면서 버들잎 같은 입술을 닫을 때쯤에는 광인 같고 걸인 같기도 한 공원 구석의 어느 한 분이 급히 다녀가셨습니다

오래 햇볕을 머금고 또 부리에 쪼인 그 동전이 사라지고 나서 새들은 자리를 떴고요

그러니까 광장을 가로질러 간 그분의 눈빛은 사람이 아닌 새들의 주위를 맴돌고 있었던 것입니다

새의 궁핍을 위로하고자 했던 나의 어리석음이 탄로 난 순간에 퍼뜩 자리를 뜨고 말았지만,

아, 새가 나보다 더 선하고 큰 다정함을 간직하고 있구나! 걸어가면서 느꼈습니다

새들이 사색을 즐기는 이유

베어진 나무 밑동 언저리에서 새잎이 올라왔다

오래 큰 그늘을 품고 견디던 나무는 이태 전에 밭주인에게 버림을 받았다

난 마음의 그늘을 빼앗긴 은둔자처럼 몹시 우울했다

여러 번 계절이 다녀갔지만 모두 무심했다

오직 산새만이 나무접시 같은 그 고요에 앉아 부리를 쪼고 사색을 즐기며 허공을 오갔다

그동안 베어진 나무는 혼자가 아니었으므로 꿈을 꾼 것이다

누군가 곁에 있다는 것은 지그시 눈을 감고 자기를 들여다보는 것,

늦었지만 나도 그 나무 밑동에 앉아 꿈을 꾸려다 관뒀다

〉

새처럼 멍한 사색을 즐길 수 없으니 어찌 저 창공을 날 수 있겠는가?

과원果園

어느 집 과원果園의 매화는 일찍 만개해서 설원처럼 고와 보이더니 오늘 아침엔 시무룩하다

나도 여러 번 그 과원을 다녀갔고 또 좋아했지만 오후에 바람 불고 꽃잎이 무참히 날려서 저물녘엔 가지마다 몇 잎만 남았다

꽃 지니 꼭 열매 맺는 게 섭리라고 말하던 이는 참 가혹한 사람이다

일시에 피고 순간 가버렸으니 그 애타는 속을 누가 알랴

쯧쯧, 과원의 주인마저 매화를 모른다

눈물은 왜 무겁고 무거운 눈물은 왜 서러운가?

매화야, 나를 지워다오
매화야, 나를 지워다오

내 시의 뿌리

어두워야 보인다거나 깊어진다는 것은 밖이 아니라 내 안이 공허하기 때문인데,

어느 날 산에서 내려와 서가에 놓인 액자 한 점을 거꾸로 세워놓았더니 그 흰 백합꽃이 나를 향해 웃더군

하늘을 향해 그려놓았던 그 꽃잎들이 모두 바닥을 보고 있으니……

아, 허공에 뿌리를 둔 꽃이 더 꽃답구나 더 오묘하구나 생각이 들고

마침 볼기짝을 쳐서 내 시의 뿌리를 허공에 걸어둔다면 난 어떤 얼굴을 갖게 될까요

벗

어느 봄날에 움직거리는 그림자들을 집에 들인 적이 있었다
말없이 내가 앓고 있었지만 뜻밖에 그들이 찾아주었다

장다리꽃과 작은 물푸레나무와 흰나비와 어린 새와 양떼구름과 개불알풀,

우리가 늦은 오찬을 마칠 즈음,
동구 밖 개울물이 조그만 창문을 열고 화음을 흘려보내주어서 울컥했다

다정한 마음은 눈물을 만들고

방에 갇힌 나의 심장이 벗들을 껴안고 오래 놓아주지 않았다

입을 맞추다

하루 집을 비우면 하루만큼 거미집이 되어가는 나의 방 구석을 멍하게 바라볼 때가 있다

늘어지고 헐거워진 거미의 집은 오래되었다

흙벽 새로 들어오는 백합 향을 맡는다

거미와 백합 향과 나의 쓸쓸함이 한 방에서 다정하게 입을 맞춘다

어린 꽃들도 깊어질 때는

너의 목소리가 어디로 가는 줄도 모르고 뜬구름 같은 눈으로 사랑을 노래하는 건 아니다

눈물은 흘리는 게 아니라 속으로 감추는 것

녹음 속에 이미 단풍이 들어와 있듯 떨리는 잎새에도 숱한 그리움이 숨어 있다

새들의 날갯짓엔 고단한 숨소리가 묻어 있지만 우리가 저 창공의 새들을 따를 수 없는 것은 오늘의 고달픔이 부족하기 때문이다

비탈길의 어린 꽃들도 깊어질 때는 속으로 운다

어둠은 가슴에 먼저 내려앉는다

어둠은 가슴에 먼저 내려앉는다

그늘에 든 새의 눈은 깊고 그늘을 빠져나가는 새의 날갯짓은 느리다

시린 달빛이 흔들리는 댓잎에 닿아 부서지는 설움처럼 바람은 늘 길 위에 있고 걸어가면서 부르는 노래는 더 아프다

우는 그대여!

길 끝의 어둠이 깊어질 때,
이 길이 낯설고 딱하다 여겨질 때,
문득 꿈꾸는 새들이 날아와서 그대의 가슴을 매만져줄 것이다

사랑하니까, 어둠은 가슴에 먼저 내려앉는다

눈에 그늘이 들 때

저녁이 온다

먼 산은 차츰 가여워지고 가까운 산은 더 무거워 보인다

땅거미가 만들어내는 이 고요의 경계를 지켜보면서,

휘인 나뭇가지 사이로 문득 한 기다림이 떠나고 서둘러 한 그리움이 들어온다

울컥한, 기억이 오고 가는 것처럼 아스라한 날들은 먼 산정을 닮는다

조금은 기울고 조금은 무디고 조금은 모자라고 조금은 바래지면서

나의 눈빛도 산정의 구름을 따라 곧 자유로워질 것이다

저녁이 오고, 눈에 그늘이 든다

울지 마, 우는 건 나야

어린 산새가 조용히 마당을 지나가는 날은 왜 하늘이 무겁고 바람이 자주 부는지 모르겠다

아직 세월이 닿지 않은 저 눈빛과
주린 배를 채우려는 저 작은 부리를 보면
나의 맑고 순한 사색도 부질없다

사평 장날, 쓸쓸히 앉아 마늘 종자를 팔던 한 소녀에게 왜 혼자 나왔느냐 물었지만,

……

내 눈 속에서 고개 숙인 소녀는 울먹이고
당황한 나는 속으로 말했다
"울지 마, 우는 건 나야"*

* TV 인간극장에 방송된 '봄비'의 가수, 박인수의 대사 중에서

쓸쓸하다와 스친다는 말의 문장을 찾아서

쓸쓸하다 또는 스친다는 말의 문장은

그대의 옆얼굴을 멀리서 예고 없이 만나는 일이고

애인의 닳은 하이힐 굽을 속절없이 굽어보는 일이고

색 바랜 꽃잎의 가장자리를 애처롭게 쓰다듬는 일이고

마주 오는 이의 마른 눈빛을 우울하게 비켜가는 일이고

첫 시집의 해진 모서리가 지금도 눈가에 남아 있는 일이고

길에서 만난 문장을 길 밖에서 원통하게 놓쳐버리는 일이고

뒤의 그림자가 앞사람의 목덜미를 주저 없이 잠재우는 일이고

〉

쾌활한 미소가 해거름 녘 낙엽 앞에서 철없이 구겨지는 일이고

이름 난 시인보다 무명 시인의 한 문장이 마음에 고여 있는 일이고

새벽이 들기 전에 먼 창의 불빛을 아득히 지켜보며 꿈꾸는 일이고

사랑의 감정이 손바닥의 잔주름같이 어지러이 떠돌아다니는 일이고

햇빛이 이마에 들어올 때 어제의 모퉁이를 간신히 떠올리는 일이고

그대와 나의 볼 사이에 흐르는 기묘한 긴장을 맥없이 느끼는 일이고

바닥에 세워놓은 원형 시계가 아침의 작별처럼 조금 기

울어지는 일이고

바람 속에서 큰 이파리의 너울거리는 자유로움을 오래 쳐다보는 일이고

탁자에 떨어진 오물 한 점을 보고 불현듯 잊힌 이름을 찾아내는 일이고

소리가 생각을 앞질러서 망연자실한 눈빛으로 발끝을 내려다보는 일이고

지평선에 잣나무 한 그루를 심으려고 걷다가 어디쯤에서 쓰러지는 일이고

은행 수납 창구에서 아직도 셈법을 몰라 허둥대는 우둔함을 발견하는 일이고

돌아설 공간이 없을 때 문득 지우고 싶은 시간들이 날벌레처럼 나타나는 일이고

〉

고운 종아리를 겨우 버티고 서 있는 백화점 수납원의
지친 눈망울을 아프게 읽는 일이고

2부

소망

여러 날 비가 내렸다

나무 밑은 건반을 두드릴 때처럼 튄 물방울들이 땅에 패어서 아름다웠다

수령樹齡 500년 느티나무 아래 깨알 같고 콩알 같은 무인도가 수백만 개 생겼다

집 없는 설움에 가슴 무너진 생들이 떠올랐다

모두 불러 섬 하나씩 안겨주고 그들과 옹기종기 모여서 살고 싶었다

팔려 가는 동백나무

늦은 출근 버스에 앉아 밖을 봅니다

가로수는 은자隱者의 눈빛처럼 색色이 없습니다

급정거한 버스 앞창엔 손수레에 실려 가는 어린 동백나무가 부르르 떨며 모로 누운 가지마다 쌓인 눈이 앓습니다

인부는 횡단보도를 건너가고 가슴에 또 한 금이 그어집니다

오늘 밤은 악몽이 찾아와 나를 괴롭힐 것이므로 눈이 녹아 흐르는 창틀에 팔을 괸 채 눈을 껌벅입니다

나도 마냥 실리어 가는 것인데,

저 어린 동백나무가 실은 오늘의 우리처럼 팔려 가는 중입니다

너의 안 보이는 사랑이 빛날 때까지

어둠은 모든 걸 간절하게 만들지

겨울밤 찬 별들이 쉽게 반짝이는 것처럼 너의 사랑은 그만큼 아프고 시린 거야

혼자 길을 걸으며 쓸쓸해진 눈빛을 달래본 이는 저녁을 아는 사람

안 보이는 사랑이, 너의 안 보이는 사랑이 빛날 때까지

어둠은 고귀하고 고달픈 것

꽃이 붉어도 마음이 비에 젖는다면 너의 사랑은 가까이 있는 거야

뒤

군내버스는 어둠을 밀치며 달리고 맨 뒷좌석에 앉은 나는 뒤를 돌아본다

지나온 길이 더 어두워져서 깊어졌다

결국 가는 길은 지워지는 길이지만 뒤에 남겨진 풍경만큼 고단한 것은 없다

누군가 혼자 걷던 길도 이처럼 못 견디게 아팠을 것이다

이른 봄, 강둑을 걷다가

봄 강둑,
텅 빈 길을 걷다보면
아련하다 이, 생生
왔던 길은 굽었고
갈 길은 휘었다
어느 날 떠돌이 검정개가 달려와
내 쓸쓸한 엉덩이를 물어뜯는 꿈처럼 황당하다 이, 길
강가에 물오리 한 쌍은 어디서 날아왔나
갈대 서걱이는 내 가슴을
너의 물갈퀴로 할퀴지는 말고
너의 뭉툭한 부리로 조곤조곤 조곤조곤조곤 조곤, 조곤
한 번 달래주소

굴절

빛과 소리가 가닿는 곳에는 굴절이 있다

굴절은 울림 같고 울림은 굴절 같고

그대 몸에 가닿는 소리와 그대 마음에 가닿는 빛도 굴절이 없으면 울림이 없는 것

지금 걷고 있는 길이 서릿발을 밟는 순간처럼 서툴다면 그대는 이미 굴절 속에 든 것

굴절은 슬프지 않고 아프지 않고 두렵지 않고

아름다운 이여, 길에서 만난 굴절은 그대의 사랑이다

외로운 눈은 달빛보다 환하지

어둔 방, 까칠한 수염이 더 자라서 양 볼이 야위었다

한 사람을 추억하는 버릇과 그날의 눈자위와 어제 남긴 눈물도 부질없는 밤이다

문득 가슴께가 가려운 것은 누군가 나를 두드리는 것인데……

고요가 숨어 있는 천장 귀퉁이를 오래 바라보는 눈은 달빛보다 환해서 외롭다

이웃

나무 아래로 새 떼가 모여든다

그늘을 쪼는 새의 부리에 궁핍이 묻어 있다

새 떼는 그늘을 들어 올리고 고요를 남긴다

나무 아래 수없이 패인 어둔 자리에 시금치 씨앗을 뿌린다

작고 순하고 가냘픈

눈 그친 새벽 벌판은 모든 것들을 아프게 한다

오래 고통 받았으므로
작고 순하고 가냘픈 생명들이 쌓인 눈 속에서 시린 얼굴 내밀 때를 기다린다

간밤 한 소식을 듣고,
난 그가 감내해야 할 세상의 슬픈 것들이 그에게 먼저 찾아온 것뿐이라고 위로했지만
그 역시 여리고 선하고 참된 사람이므로 이겨낼 것이다

십리 백리 천리 밖 비탈진 산길에서
몹시 기운 채 설운 눈보라를 맞고 잠이 들었을 한 어린 나무를
나의 뜨건 몸이 으스러지게, 껴안는 꿈을 갖는다

이른 아침, 노송을 쪼는 딱따구리

이른 아침의 노송을 쪼는 딱따구리
그의 곡뫷소리

그, 작은 울림이
솔잎을 간질이고
대숲 사이를 울리고
잠든 마을을 깨우고
산을 통째 들었다, 내려놓는다

아, 굶주림은 소리를 간직하고 있구나
아, 견딜 수 없는 고통은 자기를 토해내는구나

그래서 가슴을 쳤다

나는
그동안
아둔했다

딱따구리여,
이제 나의 내장을 쪼아다오

고추씨 같은 맘

— 어물전 아짐

애써 고추씨 같은 맘으로 여그까지 왔지라

거짓말 안하요

요놈 눈깔 보씨요
죽어감서까정 눈 못 감고
멀건이 하늘 쳐다본 것 맨키롱
한이 콱, 박혀부렀잖소

안 그라요?

그랑께 그 독한 고추씨가 따로 업당께라

사연

눈가와 눈꺼풀이 짓무르고 손등이 튼 당신의 사연을 읽은 적이 있습니다 지금도 골목길을 지날 때면 양푼에 수저 긁는 소리가 남아서 발을 접질린다고 썼습니다 내 앞에 닿은 길이 선대先代에서처럼 헐고 부르터서 원怨이 없다고 꾹꾹 눌러 쓴 자리엔 콧물이 떨어져 몇 글자가 휘거나 숨었습니다 조금은 형편이 나아져서 옛 일이 그리워질 무렵 당신은 산소마스크를 쓰고 누웠습니다 당신이 없는 선술집 미닫이창은 우울하고 비가 내려도 그 '사철가'는 흘러나오지 않으니 이제 울어줄 사람이 없습니다 아, 어느 별이 당신을 이처럼 원통하게 불러들이려 합니까?

그믐달이 지나간 자리

새벽 잔업을 마치고 돌아와 누운 당신의 눈가는 말랐습니다 수분이 빠져나간 주름살을 가만히 보면 근심이 스며 있습니다 부챗살처럼 아름답지만 푸석합니다 어느 날은 마른나무 가지에 긁힌 흔적처럼 깊어 보일 때가 있고 나는 그 상처를 가슴으로 가져옵니다 당신의 눈가의 주름살은 숱한 그믐달이 지나간 자리입니다

생존의 코

그러나 나의 혁명은 배를 곯지 않고 울어보는 것이었다

가난은 두려움이 아니라던 소싯적 훈장님의 말씀은 경전이 될 수 없었으므로 타락한 귀족보다 당당한 나의 코를 믿었다

멧돼지 같은 생존의 코를 달고 시장바닥을 해매일 때 허한 내장이 더 헐어서 오히려 눈물겨웠다

어느 날 안동에서 벗이 찾아와 남광주시장 국밥집 골목을 함께 걸었다 행인 몇은 구릿해서 얼굴을 돌렸으나 우리는 달콤했다

그와 나의 코가 멀리 닮아서 서로의 유년을 쓰다듬으며 손을 쥐었다

3부

꽃들은 애인처럼 아프다

비가 내린다 꽃들은 애인처럼 아프다

그대에게 가는 먼 길에 지친 나무의 흰 꽃잎들이 모두 젖어서 문득 근심은 내게로 오고,

굽은 길마다 안쓰러운 마음을 내려놓으며 내가 대신 조금만 아파주기로 한다

흰 수국

김은영 씨네 집 앞의 흰 수국이 어제 졌다고 한다
사흘 전 출근길에 본 남은 꽃잎 몇 장이 불안스러웠지만 지나쳤다

일터에서, 공구를 내려놓을 때나 숙소로 이동할 때나 숟가락을 들 때나 젖은 이마를 닦을 때나 가려운 귓구멍을 새끼손가락으로 후빌 때,

그 꽃 몇 잎이 떠올라서 근심이 쌓였었다

오늘 아침 퇴근길에 그 집 앞이 유난히 어두웠다
마을 깊숙이 들어가도 어느 길이나 희미해 보였다

우리 마을의 첫 번째 집인 김은영 씨는 더 마음이 아팠다

돗재*

너에게 가는 길이며, 너에게서 돌아오는 길이다

열아흐레 흐린 달이 나와 함께 쉬며 종아리를 주무른다

고갯마루에 서서 밤하늘의 별과 눈을 맞추고, 곧 잿길을 내려갈 것이나

네가 이미 떠나버린 걸 나는 미처 모르고 있는 것이다

이 길이, 어느 날은 나의 안이 드러나는 길이었고

어느 날은 내가 나를 벗어나는 길이었다

네가 그만큼 멀었던 것이다 그래서 내가 여러 번 아파야 했다

영외嶺外**로 넘어가는 길은 울컥대는 길, 이제

너에게로 가는 길이 너로부터 떠나는 길이 되겠구나

〉

너를 잃고 되돌아보는 지난 일들이 길게 늘여 쓴 문장
과 같다

* 전남 화순군 한천면 소재

** 동산, 헌무정, 가천마을이 여기에 속함

난 그대의 어둠이 되고

그늘을 보는 눈, 적막을 보는 눈, 고요를 보는 눈은 투명하다

깊은 눈은 어둠의 끝을 좇는다

구름을 놓친 새의 눈망울은 당황하지 않고 끌려가지 않고 그대로일 뿐,

나를 보는 그대의 눈동자가 새의 눈빛처럼 빛날 때 난 그대의 어둠이 될 것이다

너의 눈빛이 오기 전에

너의 눈빛이 오기 전에 서리가 먼저 다녀갔다

달의 표정을 읽는 순간 외로움이 찾아왔고 나는 고개를 숙였다

풀잎처럼 기다림의 끝은 어둡고 싸늘하지만 떨어진 새의 깃털 앞에서 옷깃을 여민다

애절한 소리는 고통을 인내하는 시간,

한 가지에만 앉아서 우는 산새의 마음을 읽는 일은 어제 진 꽃잎에게 나의 마음을 갖다 놓는 일

너의 고백이 닿기 전에 또 한 계절이 흘러갔다

시나 써라

면접을 치렀습니다
주유소 주유 아르바이트였지요
사무실 구석진 의자에 앉아 믹스커피에 입술을 적시면서 긴장을 풀었죠
소장이 첫 질문을 던졌습니다
"할 수 있겠어요?"
"네."
다부지게 답했죠
근데 나의 눈이 자꾸 밖으로만 향하는 거예요
주유기 여섯 대는 쉴 틈이 없고
직원 둘은 신용카드나 농협상품권을 들고 사무실 계산대를 팔랑개비처럼 드나들고,
행락철이기도 했지만
이 부산한 계산 앞에서
나의 느린 걸음과 자주 몽상에 젖는 버릇이 오히려 슬프게 다가왔어요
소장의 억양을 따라가면서 좀 주눅이 들기는 했지만,
"며칠 전에도 이틀 만에 그만둔 사람이 있었는데 견딜 수 있겠어요?"

아, 이 말은 나를 그늘 속에 들게 하는구나 싶어 순간 불안이 찾아오더군요

옆에서 지켜보던 젊은 계장이 거들었어요

"오늘 밤에 생각해보시고 낼 연락을 주는 게 낫겠네요."

양 어깨 위로 밤송이 수십 개가 내려앉은 듯해서 조심스런 걸음으로 나왔습니다

집으로 돌아갈 때 길가의 흰 꽃잎들이 무수히 날려서 나를 위로해주었답니다

마을 입구에 이르러 불현듯 착한 애인의 말이 떠오르더군요

"시나 써라."

고요한 사랑

그늘이 들고 흰 꽃들은 더 밝아졌다

초록의 잎과 빛나는 열매도 그늘이 배어야 성스러운 것

내게 다가온 붉고 푸르고 노란 인연들이 여기까지 흘러 왔을 때 시린 별과 앓는 파도와 산정의 그림자가 함께 울었다

한때 불같은 사랑도 그늘진 눈으로 보면 처연한 것

꽃잎 한 장 들춰보면 거기, 고요한 사랑 하나 숨어 있다

그윽한 길

길이 그윽해서 그런 길을 걷고 싶은 날이 있습니다

어떤 길은 당신의 가녀린 어깨를 닮아서 내가 오래 휘돌아나갔습니다

그 길은 간혹 나를 멈추게 하고 멈춘 자리를 울적이게 하고 또 몇 걸음을 가서 그늘을 만들고, 겨우 빠져나오는 모퉁이쯤에는 언젠가의 기억처럼 이별의 노래가 귓속에 흘렀습니다

다시는 그 길을 찾지 못하고 눈이 부어서 잠들지 못할 때가 여러 날이었습니다

새의 발톱이 움켜쥔 한 조각 그리움

저 하늘 봐,
흘러가는 구름은 정말 순결한 거야
무거우면 풀어지고 또 흩어져서
다시 만나는 것처럼
우리를 긴장시키는 거야
생각해봐,
가식으로 만들어진 구름 봤어?
구름은 늘 신선한 거야
그림이 아니니까
박제가 안 되니까
나도 저래 봤으면?
이런 엉뚱한 꿈을 꿀 때가 있었지
뭉게구름, 새털구름, 양떼구름, 안개구름, 면사포구름……
근데 말이야, 저 새털구름은 어디서 왔지?
스무 해 되던 날, 완도 명사십리 해변에서 올려다본 슬픔 같아
그때의 순선과 경환과 봉근과 미정,
그 눈빛들이 파도처럼 쓸려서 여기까지 떠밀려온 거겠지

그런 마음이 드니까 갑자기 눈물 나네
이미 내 몸에 들어와 앓고 있는 그대들, 울렁거리네
떡갈나무 잎으로 빚은 나의 악기
해거름 녘에 올려다본
떡갈나무 우듬지에 앉은 새의 발톱,
무얼 그리 움켜쥐고 놓질 못하나

시의 가족

전남 화순군 한천면 영외嶺外의 가천마을은 아픈 별들이 내려와 둥지를 틀고 또 하늘이 가까워서 맑은 눈을 감출 수 없듯, 고운 부부의 미담美談 한 자락을 여기에 담아볼까 합니다

사랑은 이미 가슴 속에서 공명처럼 일렁이므로…… 그리하여, 나는 미끄러져 가겠습니다

Bee Gees의 화음과 곡조가 고스란히 스며 있는 최선우 여사의 눈빛은 화가이고, 혼자 노는 고양이를 애써 불러들여 털을 쓰다듬고 눈을 맞추는 남편 이기완 님은 전직 폴리스입니다

부부가 애정으로 꾸며놓은 대문은 붉은 장미로 아치를 긋고 담장은 철따라 피어나는 계절 꽃을 심어서 길손을 세우기 일쑤랍니다

그리고 정성이 닿은 텃밭은 작물이 아니라 거의 정물화 수준이어서 그 집을 방문할 때는 한 폭의 그림 속을 거닐

듯 즐겁기만 하지요

화가의 눈빛과 폴리스의 손길이 일군 조화로운 일상이 나에게 산문 한 문장과 또는 시 한 소절을 건네주기도 하는데,

어느 가을날 오후에 늦은 점심을 초대받아 그 정물화 한 편에 마련된 파라솔 아래에서 셋이 식사를 했지만, 식탁이 어찌나 그림 같은지 수저는 들었으나 젓가락을 집기가 아주 곤란해져버렸지요

그 차려놓은 흰 접시 안의 화려하고 고운 찬들을 무턱대고 헤집을 수가 없어서 슬그머니 가장자리의 배추 겉절이를 들어 입속으로 가져오려다 그만 입술에 걸려 낭패한 얼굴이 되어버렸지요

그렇다고 멋없이 손등으로 지울 수도 없는 맵시 있는 자리인지라 식사가 끝날 때까지 모른 체하며 입술 언저리에 핀 꽃을 조심히 모시고 집으로 돌아왔습지요

〉

그렇게 그날 밤을 보내고 첫닭이 우는 시각에 깨어나
이 시 한 수를 얻었답니다

이처럼 옆집 부부는 간혹 나에게 영감을 주기도 하지요

알고 보면 이웃이 다 시의 가족인 셈이죠

찔레꽃 필 때

뭐든 오래 들여다보면 현기증이 일지
길가의
흰 찔레꽃,
너는 너무 수줍어 보여서 나를 병들게 한다
옆 사람이 들어서는 안 될 목소리를 문밖에 나가 조용히 듣는 것처럼
나에게도 비밀이 있었으면 바랄 때
네가 눈에 띄었다
어떤 아쉬움이 잔뜩 남아 있는 얼굴로
정말 서운한 표정으로
영아,
고백컨대
그날 그 저녁나절에 네 앞에서
나의 마음이 그랬다

4부

마음 밖의 풍경

그러니까, 눈 그친 아침이었어
방에 누워서 높은 창을 보는데
한 마리 검은 산새가 모후산 쪽으로 느릿하게 흘러가는 거야
그게 내 마음을 아프게 때려버린 거지
눈으로 보지 말라고
눈으로 보는 것은 막힌 거라고, 헛것이라고
얼마 안 있어 한 마리 검은 산새가 부리나케 돌아오는데
그 새가 그 샌가 느낄 때
그게 또 내 가슴을 먹먹하게 만들어버린 거야
구별하지 말라고
구별하는 것은 닫힌 거라고, 고인 거라고
그때 햇빛이 높은 창으로 번개처럼 들어왔어
순간, 밖이 안 보이는 거 있지?

나도 모르게 눈을 감아버린 거야
나도 모르게 눈이 감겨버린 거지

거미에게 풍경風磬 소리를 들려주다

거미는 밖을 모르고, 천장 귀퉁이로 들어간다
그곳은 안아줄 눈빛도 그림자도 없다

난 밖으로 나갔으나, 바람 불고 매화는 떤다

담장 아래 버려진 깡통을 주워 풍경風磬을 만들고 매화나무 가지에 걸어놓았다

거미에게 살짝 미안한 마음을 들려주려고
거미에게 살짝 쓸쓸한 마음을 울려주려고

목련나무 가지를 꺾어 거친 풍경을 여러 번 때려주었다

알고 보니, 거미는 그 자리에 그대로였고 나만 들떠서 형편없이 되었다

거미에게 이 부끄러움을 어찌 감출까

꽃잎

작은 결별 하나도 아프지 않은 것이 없지만 벚나무는 모래알 같은 꽃을 달고 번개처럼 가버린다

두렵다, 그 경각에도 꽃잎 몇은 섬진강가에 닻을 내리고 수초 사이의 눈 먼 피라미들을 끌고 다닌다

아, 어느 날은 우울하고 어느 날은 창백한 이유는 무어냐

길을 가면서 아예 육신을 털고 자기에게로 돌아가는 꽃잎을 본 적 있소?

뼈아픈 노래는 그늘을 만든다

내 안의 나이테를 접시 물에 비추어보는 날이 올 때

나는 어느 한적한 호숫가에 앉아 물방개가 일으키는 파문을 볼 것이다

온힘으로 나아간들 한 치의 동심원 속에서 맴돌고 있을 뿐,
바람이 등을 떠밀어도 언제나 흐린 그물에 갇혀 떠돌고 있을 뿐,

뼈아픈 나의 노래는 그늘을 만든다

불현듯 마른 떡갈나무 잎이 수면 위로 떨어질 때
그 위에 모로 누워, 무심한 하늘가로 난 미끄러져 갈 것이다

어린 새에게 위로를 받다

고달픈 소식을 듣고
외따로 서 있는 겨울나무에게로 갔다
뒤에서 껴안고 볼을 비비고 입김을 불어넣어도 차갑다
우울한 나는 오래 서서 한 그루 겨울나무가 되어갔다
높이 쳐든 열 손가락이 시려서 눈을 감고 기다려보지만
돌아오는 새들은 한사코 이웃 나무에게로 간다
섭섭하여도 그런 일을 탓할 것은 못 되어서
한 식경을 추위 속에서 떨었다
눈 먼 새인지 지각없는 새인지, 하나가 와서
손톱 밑을 쪼는데 간지러웠다
어린 새다
가슴이 뛰어서 혼났다
잘못 살아온 내가
이처럼 위로받을 날 얼마나 될까

내가 머문 이 자리에

새순이 올라오기 전에 꽃부터 걱정하는 마음처럼 조바심은 나를 흔든다

언젠간 오겠지만, 마른 가지를 어루만지며 입김을 불어넣은 지 세 해가 다 되어도 꽃소식이 없다

꼭 보겠노라 애를 졸이며 종일 골목길을 배회하던 그 시절의 그리움보다 더 큰 불안이 여기에 있다

지나가던 이웃이 '너무 정을 주어도 잔병치레가 많고 결과 보기가 어렵다'고 말한 기억이 떠올랐지만,

어린 목련 묘목을 심고 해마다 퇴비를 주고 또 하루에도 수십 번 눈길을 주었으니 사람 같으면 질려서 숨이 막히고 괴로웠을 것이다

내가 머문 이 자리에 게으름을 잔뜩 남기고 타인보다 뒤처진 한 계절을 누린다

창에 서린 묵화 한 점

어둔 방에 누워 창을 보면 밖의 불빛이 한 점 묵화를 그려놓는다

좌우의 창문이 펼쳐놓은 화폭 같다

한 획이 길게 지나간 나뭇가지는 여러 번 휘었다
잎이 없고 새가 없으므로 손끝에 침을 발라 허공에 그려 넣는다

창유리에 닿은 새벽이슬은 화폭의 먹을 풀어버린다

방안이 서서히 하얘지는 건 근심이 오는 징조다

저 묵화 한 점이 지워질 때 나의 위안은 더 없다

아침은 불안을 안긴다

내 얼굴에 들어앉은 매화

매화나무 우듬지에 산새가 날아왔다
나와 눈이 마주쳤고
나는 누이에게 못 한 말을 대신 건넸다
"산중생활은 어떠신가?"
바람이 산새의 깃털을 추켜올렸지만 그대로였다
몽매한 나는 다시 말을 주었다
"나를 그늘 밖으로 꺼내줄 수 있겠소?"
산새는 사뿐히 돌아서서 흰 똥을 누었다
그가 가고 나서
푸석한 내 얼굴에 매화향이 돌았다

머잖아 내가 새의 사촌쯤 될 날이 올 거다

멀어서 고요한 산
고요해진 산
새의 부리는 구름을 쪼아서
산정에 부리고
어느 날은 처마에
어느 날은 지붕에
그리고 어느 날은 내 머리 위에
똥을 누고 간다
구름 같은 똥,
그 똥 한 방울을 받고 가벼워져서
머잖아 내가 그의 사촌쯤 될 날이 올 거다
내 옷이 새똥으로 누더기가 되고
내 몸은 온통 구름똥 냄새가 배이고
외로워서 걸어가는 내가
우연히 먼 산을 치어다볼 때,
새의 꽁지에 붙어 그, 산을 넘어가는
나의 시원한 뒷모습을
그대는 단박, 알아볼 것이다

불두화

주인을 알지 못하는 농원農園에 불두화 수천 송이 피어 있네

오가며 보름간 보았네

뭉게구름도, 구겨진 종이도, 엎어놓은 공기空器도, 염소의 큰 눈알도, 꿈을 좇던 흰나비도, 누이의 손등도, 어릴 적 엄마의 젖가슴도, 잡부 박 씨의 목덜미도, 사평 장날 소녀의 눈빛도, 병실의 하나뿐인 안개꽃도, 원수의 붉은 혀도, 설움 같은 주먹도, 다시 못 올 이름들도, 눈보라치는 망월동도, 모든 달도

거기 다 있었네

마음 다친 날

애인을 보내고
무정한 마음이 든 그녀는
수평선에서 눈을 떼지 못했다
좀 짠하다는 생각이 들었지만
티, 비 화면은 곧장 넘어가질 않고
애꿎은 나의 마음만 다치게 한다
그새 똥파리 하나 나타나
화면 앞에서 얼쩡거리더니
심지어 그녀의 옆얼굴에 앉질 않는가
한 톨 감정도 없는 저놈은
순간의 내 슬픔마저 빼앗고,
괜히 열 받은 나는
시집 한 권을 들어 잽싸게 던져버렸다
그놈은 약삭빠르게 천장으로 날아가 버리고
작살난 티, 비 화면에서
불쌍한 그녀만 어둠 속으로 사라져버렸으니,
어느 때나 마음을 허공에 매달고
이 지독한 진창 헤쳐 나갈 수 있을까

억만 번은 아파봐야

서두르지 말자,
매번 다짐하면서도
혼자 있을 때는 그게 안 된다
위태위태한 경계처럼
나를 곧장 꺼내놓지 못하는 유약함처럼
원하는 것은 쉽게 찾아오지 않고,
나뭇잎이 그려놓은 나무 그림자는 나무가 아니듯
내가 나를 벗어나서
한 억만 번은 아파봐야
쬐끔 보일까?
내가?
내 그림자가?
무릎을 쳐서 번득이는 무엇이 온다 한들
필시 떠나지 않으면 내가 없지,
두더지야,
언제쯤 세상 밖으로 나올래?
언제쯤 네가 너를 볼래?

무위

떡갈나무는 자기를 모를 거야
무위하므로
무위에 가까우므로
흔들리는 가지와
반짝이는 누런 잎 사이를
빠져나가는 바람에게
물어봐,
답이 없지?
그래 답이 없는 거야
우리도 마찬가지야
백 년을 살고 천 년을 살면 뭐해?
그거 다 껍데기야 지독한 악취야
삼 년생 떡갈나무를 좀 봐!
온몸이 악기인 줄 모르고 울잖아, 울고 있잖아
울어버리고 나서 또 자기를 잊는 거야, 자기를 잃어버리는 거야
사랑하는 자기야
나를 내버려둬 나를 버려줘
나는 내가 아니니까 그래서 자기 곁에 있잖아, 있을 거야

근데 놀라지 마

떠나는 것은 진짜 자기에게 가는 길이므로

내가 나를 만나는 길이므로

그러니까 잘 가! 잘 자!

새 아침이 오면

떡갈나무는 그 자리에서 노래하고 춤추고 또 울지

맺힌 것이 없으니까, 늘 새롭듯이

새로우니까, 늘 자기가 아니듯이

길 위의 구름 같은

지나고 나면
다툼도
연애도
눈부심도
때론 가혹한 눈물마저도
구름만 못하리라는
생각이 들 때가 있다

어느 날
금이 간 거울 한편에서
나의 얼굴을 발견하는
순간처럼 생은 종종
가는 길을 멈추게 한다

초여름
연초록 나뭇잎 사이로
백리 밖 흰 구름이
불현듯 눈으로 들어올 때,
그 자리에서

서둘러 발가벗고 싶은
나의 마음은
어디서 오는 것인가

어느 날, 쓰레기더미 속에서

그 때, 나는 쓰레기더미 속에서 잠깐 몽롱한 상태로 엎어져 있었다
수천 장의 꽃잎들이 푸근하고 향기로웠다
익숙한 냄새들이 한꺼번에 몸에 배어서 편안했다
간혹 밤늦은 걸음들이 휘청거리며 지나갔지만 무심했다
가장 가까이에서 부드럽고 또 물먹은 누런 티슈 조각들이 볼을 쓰다듬었다
열에 들뜬 비닐이 이마에 달라붙어 부스럭거렸다
타다 남은 담배 쪼가리가 콧속을 자극했다
콜라 페트병이 기울며 달콤한 침을 눈가로 흘려보냈다
썩어가는 사과가 싹을 틔우려고 귓바퀴 근처로 내려왔다
고름을 받아달라고 물컹한 바나나는 다문 입술을 찾았다
손을 잡고 걷는 듯이 정겨운 두 발소리가 침을 뱉었다
짓무른 감은 서로 엉겨붙어서 질투처럼 힘겨워했다
멀쩡한 자두는 슬픔을 빼앗기지 않으려고 조금씩 콧물을 흘렸다
흐물흐물한 배춧잎은 단 하나뿐인 향기를 찾을 때까지 독을 뿜었다
곪아서 달콤한 밀감들이 잠든 개미 떼를 불렀다

생쥐에게 들킨 싱싱한 나주배는 흉터를 받았다
고양이가 치킨 조각 하나를 두고 서로 얼굴을 할퀴었다
젊은 여자가 가슴을 치며 안개꽃 같은 오물을 쏟아주었다
조금 정신이 들었을 때,
키 큰 폴리스는 내 머리채를 잡아당기고
키 작은 폴리스는 내 바짓가랑이를 들어올렸다
파출소에 끌려가서 들은 충고와 죄목은
아파트 주민들의 사생활을 일부 염탐한 것이고
소중한 쓰레기더미를 훼손한 것이고
더구나 가족이 없거나 혹은 백보 양보해서
가정을 못 찾는 노숙자 기질 때문이라는데,
벽에 이마를 세 번 박고 좀 생각해보았다
내 열아홉 살 오월과, 내 스물다섯 살 유월과, 또 백악 캠퍼스 사년 동안에
충파와 사직파출소와 조대 앞 동명파출소 정문에 호쾌하게 방뇨를 한 적은 있지만
그 시절을 소환할 정도의 그대들은 아닐 테고, 아니 모를 테고
그래서 속절없이,

천장도 바닥도 볼 것 없이

물 한 모금도 받은 적 없이

마른 침 삼키며

벌금 통지서를 쥐고

나와서 첫 버스를 보았다

복사꽃 아래 서면

복사꽃 아래 서면
문득 내가 비참해진다는 생각이 든다
어느 날은 그 자리에서 그대로 쓰러져
한 사나흘 푹 잠들고 싶어질 때가 있다
몽중에 누굴 호명할 일도 없겠지만
그래도 고단한 한 생을 만나
서로 꽃잎 먹여주며 몹시 취해서
또 한 사나흘 푹 잠들고 나면,
무언가 잃어버린 것 같고
무언가 잊어버린 것 같은
그래서 아슴한 저녁나절 밖으로 나올 때는
딴 세상에 첫발을 내딛는 순간처럼
멍한 나를 발견했으면 한다
복사꽃 아래 새들 머문 적 없으니,
언제쯤 헛것에 끌려가지 않고
언제쯤 그물에 떨어지지 않고
아름다운 이 색계色界,
무사히 걸어 나갈 수 있을까

까마귀가 나를 물끄러미 쳐다보았다

여름날
손깍지 베개를 하고 드러누워서
아주 먼 산을 바라보면
비로소 내가 혼자라는 생각이 들 때가 있다
흰 천장과
흰 창틀과
십리 밖의 뭉게구름이
티끌 없이
나의 눈동자에 함께 머물 때,
불현듯 하늘가에 나타난
검은 한 점이
마구 내게로 달려든다
나는 온몸이 오싹해져서
급히 마당에 나가 양팔을
새의 날개처럼 펼쳐 보였더니
어느새 까마귀 한 녀석이
내 머리 위를 빙빙 돌고 있는 것이다
나를 먹잇감으로 본 건지
나를 낯선 동료로 여긴 건지

괜한 의심이 들고,

순간 서글퍼져서

양팔을 하늘로 치켜올린 채

꺄 – 악, 꺄 – 아악

소리 지르며 제자리를 뱅뱅 도니까

그제야 까마귀가 가까운 전봇대 위에 앉아

나를 물끄러미 쳐다보았다

인동초

더 기어 올라오라는 듯 벼랑 끝에서 인동초가 꽃을 내어 보인다

해설

이 외롭고도 쓸쓸한 어둠 속에서도 사랑은 항구적이다

박성현(시인 • 문학평론가)

숲속으로 한 사람이 걸어간다

저기, 묵은눈이 덤불처럼 쌓인 숲길 한복판에 한 사람이 멈춰 선다. 능선을 천천히 둘러보고는 태양과 산봉(山峯)의 거리를 가늠하며 방향을 짐작한다. 몇 시간을 가야 할지, 아니면 동쪽 산장에서 하룻밤을 보내야 할지는 가봐야 안다. 어쨌든 공간이 더 이상 먼 곳이 아닐 때 장소가 있다. 그는 살얼음이 든 자리를 피해 볕이 수북한 평평한 바위에 앉는다. 겨울이 물러간 지 한참이지만 숲길은 조심스럽다. 갑자기 얼음이 박힌 땅이 녹아 움푹 꺼지거나 곰팡이가 잔뜩 핀 나뭇가지들이 부러져 떨어질 때도 있다. 그는 사방을 둘러보면서 삶과 죽음이란 접경이라

생각하는데, 왜냐하면, 그것들은 "나뭇잎이 그려놓은 나무 그림자"(「억만 번은 아파봐야」)처럼 밀어내고 스며들다가 종국에는 서로의 심연에 다다르기 때문이다.

어쩌면 '나'와 '세계'의 관계도 이런 것일지 모른다. 나와 세계의 끊임없는 불협(혹은 불일치)은 분명 시차(視差, 時差)에서 발원한다. 숲을 오래도록 바라보면 시차(視差) 때문에 사물들의 분별이 무척 난감할 때가 많다. 상징과 은유의 외투를 벗어버리고 어둠의 시뻘건 살과 뼈가 그대로 노출되는 무시무시한 실재의 숲, 하지만 이것은 시차(時差)의 효과이며 숲의 내적 질서다. 살아 숨 쉬는 유기체로서의 거대한 생존이 숲의 본질이라면 숲은 얼마든지 삶과 죽음을 내면화하면서 초월할 수 있다.

그는 바위에 앉아 숲이 형용하는 무수한 시차들을 바라본다. 묵은눈과 바싹 마른 이파리들과 썩은 나뭇가지가 만들어내는 숲의 음영에도 미세한 차이가 있다. 어떤 것은 가깝고, 어떤 것은 물러나고 있으며, 또 어떤 것은 언 땅에 단단히 박혀 울퉁불퉁 고집스러운 표정을 짓는다. 만일 이 시차를 제거할 수 있다면 '나'와 '세계'의 불협은 그 무거운 덫을 떨궈버리고 능선 너머로 사라지지 않을까. 나와 세계의 관계를 훼방하는 '원근' 또한 직관적 감각으로 무효화될 수도 있다. 공간의 회절(回折)이며 시간의 굴절로써의 원근은, 이 응시를 통해 입체와 평면의 동시성으로 다시 일어난다. 빛이 대상을 집중적으로 산란한다면 대상의 윤곽은 결국 모호해지는바 그러므로 이른 봄의 숲은 계절의 입문과 완성의 도정이기보다는 '흐름'과 '물결'에 가깝다. '바라봄' 속에서도 확연하게 나타나는 이 섬세한 차이들이 그는 좋을 뿐이다.

그는 배낭에서 생수를 꺼내 마시면서 지금까지 걸어온 길을, 그 완만하고도 가파르며 촉박하고도 느린 숲의 축성(築城)을 되살렸다. "아련하다 이, 생生 / 왔던 길은 굽었고 / 갈 길은 휘었다 / 어느 날 떠돌이 검정개가 달려와 / 내 쓸쓸한 엉덩이를 물어뜯는 꿈처럼 황당"(「이른 봄, 강둑을 걷다가」)한 기분이지만, 그 고귀하면서도 고달픈 생(生)은 여전히 환하고 뚜렷하다. "더 기어 올라오라는 듯 벼랑 끝에서 인동초가 꽃을 내어 보"(「인동초」)이는, 혹은 "초여름 / 연초록 나뭇잎 사이로 / 백리 밖 흰 구름이 / 불현듯 눈으로 들어올 때, / 그 자리에서 / 서둘러 발가벗고 싶은 / 나의 마음"(「길 위의 구름 같은」)을 들켜버렸던 그 순간들이 뱀 허물을 벗듯 서서히 드러나는 것이다. 머릿속에 가득한 이물들을 소금물에 씻으며 고통스럽게 해감하는 것처럼, "우울한 나는 오래 서서 한 그루 겨울나무가 되어"(「어린 새에게 위로를 받다」)가는 것일지도 모르겠다.

물론 이러한 '되살림'이란 언제나 분명한 목표를 갖는 것이어서 "내 옷이 새똥으로 누더기가 되고 / 내 몸은 온통 구름똥 냄새가 배이고 / 외로워서 걸어가는 내가 / 우연히 먼 산을 치어다볼 때, / 새의 꽁지에 붙어 그, 산을 넘어가는 / 나의 시원한 뒷모습을 / 그대는 단박, 알아"(「머잖아 내가 새의 사촌쯤 될 날이 올 거다」)보는, 몽중(夢中)의 격렬한 폭설과도 같다. 그제야 능선은 매우 간결하게 병치되며, 태양은 기울면서 산그늘을 길게 뽑아냈다.

그는 공기를 뭉쳐 입속에 힘껏 털어 넣더니 일어나 다시 걷기 시작한다. 이 길은 "어느 날은 나의 안이 드러나는 길이었고 // 어느 날은 내가 나를 벗어나는 길이"(「돛재」)기도 하다. 이른 봄이라지만 나무들은 영하의 대지에서 끌어올려 비축할 무엇이 있을까. 어쩌면 '숲'이란 바닥에 단단히 뿌리를 내려 허공을 비스듬히 가로지르는, 그리하여 기울어지는 속도를 계속 유보하는 생명의 숨 막히는 비명이겠다. 그는 노트를 꺼내 비명들을 빠짐없이 적는다. 아침 해가 보내는 수줍지만 격정적인 눈빛과 어린 새들의 높고 단호한 모음들까지, 그의 오감은 "아름다운 이 색계色界"(「복사꽃 아래 서면」)를 기록하는 것이다. 그리하여 이 시집의 문장들은 "어느 때나 마음을 허공에 매달고 / 이 지독한 진창 헤쳐 나갈 수 있을까"(「마음 다친 날」)라고 고백하며 마음을 다친 생명에 집중했던 박노식 시인의 숙명적 통찰을 향하게 된다.

인간과 우주의 불가해한 동형

시가 '인간과 우주의 동형-관계를 이끌어내는 불가해한 통찰'이라면, 박노식 시인의 문장들은 정확히 이에 해당한다. 이때 '동형(同形)'이란 인간과 우주의 상징적 대칭 내지는 소통(경계하기, 스며들기, 미끄러지기, 밀어내기 등)을 통한 '닮아-감'을 비롯해 세계를 향한 '나'의 온전한 확장과 반대로 나를 향한 '세계'의 응집까지를 모두 포괄한다. 보들레르적 상응에 맞닿은 이 관계는 타자 속으로의 스며듦이자, 타자의 '틈'을 통해 만나는 '실재와의 조우'에 해당한다. 때문에 "뭐든 오래 들여다보면 현기증이 일" 수밖에 없고 따라서 "길가의 / 흰 찔레꽃, / 너는 너무 수줍어 보여서 나를 병들게"(「찔레꽃 필 때」) 한다는, 들꽃이 피는 예삿일도 시인에게는 아주 특별한 일이 되어버린다. 어째서 이런 일이 가능할까. 이유는 단순하다. 그는 시적 대상 속에서 그 '대상'의 무수한 예외들, 혹은 의미의 텅 빈 공백들을 적극적으로 끄집어내기 때문이다.

「소망」이라는 시를 보자. 내용을 간추리면 다음과 같다. 비가 여러 날 내렸는데, 수령이 500년이나 된 느티나무 밑을 보니 건반을 두드릴 때처럼 튄 물방울들이 땅에 패어 있었다. 깨알 같고 콩알 같은 무인도가 수백만 개 생긴 것이다. 이를 본 시인은 "집 없는 설움에 가슴 무너진 생들이 떠올랐다 // 모두 불러 섬 하나씩 안겨주고 그들과 옹기종기 모여서 살고 싶었다"고 생각하는데, 빗방울이 만들어낸 '무인도'에서 시인은 고된 삶의 위무를 떠올린 것이다.

「창에 서린 묵화 한 점」에도 인간과 우주의 동형-관계를 발견할 수 있다. 시인은 어두운 방에 누워서 창을 보고 있다. 그것은 "좌우의 창문이 펼쳐놓은 화폭 같"다. 물론 이 경험에서 우리는 시인의 고독과 외로움을 찾겠지만 그게 다가 아니다. 그는 이 고립 속의 '무원(無援)-함'을 적극 활용해 한 편의 이야기와 같은 '수묵-시'(詩)를 만들어낸다.

어둔 방에 누워 창을 보면 밖의 불빛이 한 점 묵화를 그려놓는다

좌우의 창문이 펼쳐놓은 화폭 같다

한 획이 길게 지나간 나뭇가지는 여러 번 휘었다
잎이 없고 새가 없으므로 손끝에 침을 발라 허공에 그려 넣는다

창유리에 닿은 새벽이슬은 화폭의 먹을 풀어버린다

방안이 서서히 하얘지는 건 근심이 오는 징조다

저 묵화 한 점이 지워질 때 나의 위안은 더 없다

아침은 불안을 안긴다

—「창에 서린 묵화 한 점」 전문

시인이 만들어낸 '창문'이라는 '화폭'에는 길게 그은 나뭇가지가 있고, 바람이 부는 방향에 따라 사방으로 휘어진다. 손끝에 침을 발라 '잎'과 '새'를 그려놓고 가만히 살펴보기도 한다. 이따금 창유리에 닿은 새벽이슬이 화폭의 먹을 풀기도 하는데 그 모양새가 자못 흥미롭다. 번진다는 것은 스며든다는 것이고 스며들 수 있기 때문에 나와 세계(혹은 '우주')는 서로의 눈부처가 된다. 지젝은 이러한 라캉적 경험을 "부재의 흔적들로만 남는 어떤 타자성의 부름에 대한 응답과 책임 그리고 무한한 채무 상태의 경험"으로 풀어낸 바 있다.

그렇다. 시인이 일으켜 세운 시적 사유로서의 '동형'이란 우리가 흔히들 인용하는 변증법의 무의식적 작용을 통한 상징계적 질서로의 강요된 통합이 아니라, 오로지 시인만의 감각을 통해서만 경험되는 타자의 순간적인 나타남이자 "상징적 네트워크 자체 내부의 틈"이라는 타자-속-에서 다시 발견되는 시인 자신이다.

이와 같은 '사태' — 세계와의 마주침에서 파생되는 '타자 속의 나'를 끊임없이 발견하는 것 — 는 이번 시집의 중요한 사유 틀로써 작용한다; "산새가 오래 머물다 떠난 매화나무는 며칠을 앓는다"(「꽃망울」)는 문장에서 의인화된 '매화나무'는 시인 자신이면서 '누이에 대한 그리움'의 확장이다. "어느 봄날에 움직거리는 그림자들을 집에 들인 적이 있었다 / 말없이 내가 앓고 있었지만 뜻밖에 그들이 찾아주었다 // 장다리꽃과 작은 물푸레나무와 흰나비와 어린 새와 양떼구름과 개불알풀, // 우리가 늦은 오찬을 마칠 즈음, / 동구 밖 개울물이 조그만 창문을 열고 화음을 흘려보내 주어서 울컥했다"(「벗」)는 문장에서 '움직거리는 그림자들'은 시인에게 집중하면서 위안과 안식을 베풀어주는 '세계의 기울어짐'이다.

새벽 잔업을 마치고 돌아와 누운 당신의 눈가는 말랐습니다 수분이 빠져나간 주름살을 가만히 보면 근심이 스며 있습니다 부챗살처럼 아름답지만 푸석합니다 어느 날은 마른나무 가지에 긁힌 흔적처럼 깊어 보일 때가 있고 나는 그 상처를 가슴으로 가져옵니다 당신의 눈가의 주름살은 숱한 그믐달이 지나간 자리입니다

—「그믐달이 지나간 자리」 전문

시인은 새벽 잔업을 마치고 돌아와서는 누운 '당신'의 눈가를 물끄러미 바라본다. "수분이 빠져나간 주름살"이 유독 푸석푸석하고 메말라 있는데, 가뭄이 든 것처럼 삶의 근심들도 쌓이고 쌓여 있다. 어느 날은 부챗살처럼 아름답게 보이기도 하여, 내심 설레고 부끄럽다. 때론 "마른 나무 가지에 긁힌 흔적처럼 깊어 보일 때"도 있다. 이런 날에는 뼈 마디마디에 온통 바람이 든 것처럼 아프기만 하다. 당신의 상처들을 도려내 몰래 시인의 가슴으로 가져오지만, 제아무리 반으로 잘린 고통이라도 통증의 강도는 매한가지다. 그러나 그렇게 시간이 가면서, 당신의 눈가에 깃든 주름살은 "숱한 그믐달이 지나간 자리"로 조금씩 바뀌게 된다. 그렇게 '당신'과 '세계'는, 또한 '나'와 '당신'은 서로의 눈부처를 향해 이동하는 것이다.

우리가 주목할 것은 이와 같은 능동적 '투사'(投射)는 박노식 시인의 문장을 구성하는 심급이라는 점이다. 그는 자신과 세계의 놀라운 대칭을 확대하여 사물과 사물의 모든 관계 속으로 옮겨놓는다. '나'는 비록 어두운 밤과 같은 고독과 쓸쓸함, 그리고 외로움의 '더미'에 불과하지만, 대상과의 접경을 지워버림으로써 '나'는 곧 '세계'가 되는 것이다. 별것 아니라고 흘려보내는 사물 또한 마찬가지. 시인은 자신과 동등한 깊이로 사물에 여백(혹은 예외나 공백)을 부여하고, 그 모순을 더욱 첨예하게 만들면서 종국에는 형이상학적 초월을 이끌어낸다. 한 마디로 꽃 한

송이에서 온 세계가 열리는 것이다.

주인을 알지 못하는 농원農園에 불두화 수천송이 피어 있네

오가며 보름간 보았네

뭉게구름도, 구겨진 종이도, 엎어놓은 공기空器도, 염소의 큰 눈알도, 꿈을 좇던 흰나비도, 누이의 손등도, 어릴 적 엄마의 젖가슴도, 잡부 박 씨의 목덜미도, 사평 장날 소녀의 눈빛도, 병실의 하나뿐인 안개꽃도, 원수의 붉은 혀도, 설움 같은 주먹도, 다시 못 올 이름들도, 눈보라치는 망월동도, 모든 달도

거기 다 있었네
—「불두화」 전문

시인은 어느 농원을 지난다. 문의 어두운 안쪽에서 옷소매를 잡아당기는 이상한 기척이 있어 무심코 그리로 가보니, 이게 웬일인가. 불두화 수천 송이가 피어 있는 것이다. 이밥을 넉넉하게 담아낸 듯 혹은 함박눈을 크고 단단하게 뭉친 듯, 꽃은 자신의 존재를 힘껏 뽐아내며 시인을 불렀던 것이다. 한 번만 본다는 게 그만 보름이나 흘러버

렸다. 자그마치 보름이다! 그는 꽃 속에서, 꽃-과-함께 몰아(沒我)에 진입했고, 꽃-을-통해 열리는 심연을 바라봤으며, '꽃'의 강렬한 중층을 이끌어냈던 것이다. 요컨대, "녹음 속에 이미 단풍이 들어와 있듯 떨리는 잎새에도 숱한 그리움이 숨어 있다"(「어린 꽃들도 깊어질 때는」)는 놀랍고도 간절한 기억 말이다.

문을 여니 불두화가 환하다. 가까이 다가가 꽃에 얽힌 이야기들을 청해 듣는다. 꽃은 수많은 이야기를 펼치면서 시인에게 온갖 이미지를 상영한다. 우선 그는 '뭉게구름'을 본다 — 이때 '~을 본다'는 서술어는 '~이 되다'라고 바꿔도 무방할 정도다. '구겨진 종이'와 '엎어 놓은 공기空器'는 물론 '염소의 큰 눈알'과 '꿈을 좇던 흰나비'까지도 본다. '누이의 손등'도 거기에 있고, '어릴 적 엄마의 젖가슴'이나 '잡부 박 씨의 목덜미', '사평 장날 소녀의 눈빛', '눈보라치는 망월동'도 살아 있는 것처럼 뚜렷하다. 이 모든 울림 — 그것만이 전부였던 시공(時空) — 이 '불두화'다. 결국 이 꽃은 자신과 타자를 구별하지 않음으로써 제 몸을 우주에 흘려보내고 새기고 있었던 것이다. 구별하지 않을 때 우주는 자기 자신을 완전히 드러낸다.

> 구별하지 말라고
> 구별하는 것은 닫힌 거라고, 고인 거라고
> —「마음 밖의 풍경」 부분

그러므로 이 시집에서 주목해야 할, 시인만의 독특한 두 번째 사유는 이것이다. 「불두화」의 첫 문장, "주인을 알지 못하는 농원農園"이라는 표현에 함축된 이념인데, 이것은 불두화가 핀 농원은 이미 그 자체로서 우주가 꿈꾸는 거대한 몽상의 공간이며, 여기에서 주인이란 한낱 먼지에 불과하다는 통찰이다. 따라서 "거기 다 있었네"라는 문장은 세계에 대한 '내파'(內波)이면서도 그 진리를 새롭게 일으켜 세우는 '진리-선언'인 것이다.

나는 너다 아니다 우주다

한 가지 흥미로운 것 — 이것도 우리는 눈여겨봐야 한다 — 은 시인을 둘러싼 대상(혹은 '자연')이 모두 시인과 세계의 동형-관계를 매개하는 매체가 되기도 한다는 점이다. 이를 잘 웅변하는 시가 바로 「내 얼굴에 들어앉은 매화」인데, 그 내용은 매화나무 우듬지로 날아온 '산새'를 메신저로 하여 누이에게 못다 한 말을 전달한다는 것이다 — "매화나무 우듬지에 산새가 날아왔다 / 나와 눈이 마주쳤고 / 나는 누이에게 못 한 말을 대신 건넸다 / "산중생활은 어떠신가?" / 바람이 산새의 깃털을 추켜올렸지만 그대로였다 / 몽매한 나는 다시 말을 주었다 / "나를 그늘 밖으로 꺼내줄 수 있겠소?" / 산새는 사뿐히 돌아서서 흰 똥을 누었다 / 그가 가고 나서 / 푸석한 내 얼굴에 매화향이 돌았다." 게다가 시인은 "비가 내린다 꽃들은 애인처럼 아프다 // 그대에게 가는 먼 길에 지친 나무의 흰 꽃잎들이 모두 젖어서 문득 근심은 내게로 오고, // 굽은 길마다 안쓰러운 마음을 내려놓으며 내가 대신 조금만 아파주기로 한다"(「꽃들은 애인처럼 아프다」)라고 노래하면서 자신도 다른 사물과 다름없이 '메신저'라는 점을 분명히 말한다. 매체가 된다는 것은 주체로서의 자기 자신을 버리는 일이니만큼 시인이 세계의 온갖 사물을 매개하는 메신저가 될 때 사물의 주체성은 대상으로 전이되고, '아'(我)와 '비아'(非我)의 구별 역시 무용지물이 된다.

다시 숲속으로 한 사람이 걸어간다

여기서 우리는 숲길 한복판에 멈춰 서서 무언가 적고 있던 그 사람에게로 돌아가야 한다. 사실, 그의 출발은 단순하다. 대부분의 탈선이 우연히 포착된 생활의 자그마한 '균열'에서 비롯되는 것처럼, 그도 역시 의도치 않게 발견한 '틈'에서 자신의 예외를 자각했던 것이다. 예를 들면 이렇다; "여름날 / 손깍지 베개를 하고 드러누워서 / 아주 먼 산을 바라보면 / 비로소 내가 혼자라는 생각이 들 때가 있다 / 흰 천장과 / 흰 창틀과 / 십리 밖의 뭉게구름이 / 티끌 없이 / 나의 눈동자에 함께 머물 때, / 불현듯 하늘가에 나타난 / 검은 한 점이 / 마구 내게로 달려든다 / 나는 온몸이 오싹해져서 / 급히 마당에 나가 양팔을 / 새의 날개처럼 펼쳐 보였더니 / 어느새 까마귀 한 녀석이 / 내 머리 위를 빙빙 돌고 있는 것이다"(「까마귀가 나를 물끄러미 쳐다보았다」). 여기서 균열 혹은 틈은 "불현듯 하늘가에 나타난 / 검은 한 점"이며 그 정체는 자신을 지켜보는 타자의 시선이자 그 심연임은 확실하다. 그리고 우리는 그 눈이 바로 "그늘을 보는 눈, 적막을 보는 눈, 고요를 보는 눈"(「난 그대의 어둠이 되고」)이라는 것을 잊어서는 안 된다. 왜냐하면, 그 '눈'을 통해서 '나'는 포획되고 사로잡히며 세계(혹은 우주) 속으로 진입하기 때문이다.

그는 어디로 가야 할지 목적지를 정하고, 그곳까지 펼쳐진 아득한 지리를 생각한다. 앞서 살펴본 것처럼 숲의 한복판에 이르렀을 무렵 그는 자신에게 던져진 이 숙명적 일탈('회심')에 어떤 의미가 깃든 것인지 추적한다. 다만, 그가 숲길을 가로지르기 전에 "가시를 손에 쥔 아이처럼 발가락이 곱"(「상실」)은 채로, 어두운 방에 스스로를 가뒀으며 — 이때 그를 가둔 것은 시인 자신에 대한 은유, 곧 "바람을 못 견딘 꽃들"이다 — 봄이 오고 산정의 아침 해가 한 뼘 능선 아래로 내려왔을 때 눈이 녹듯 감정의 날카로운 결들이 무뎌졌고 비로소 자기 자신의 예외(혹은

'바깥'이나 '균열')를 상기했던 것임을 기억하도록 하자.

봄이 오고, 산정의 아침 해가 한 뼘 능선 아래로 내려왔다

공처럼 가벼워진 해,

지상의 모든 사랑이 저 눈빛처럼 아프지 않기를……

겨우내 젖은 눈과 뜨락의 근심과 처마 밑의 외로움이 풀리고 방이 환해졌으니, 이제 어딜 가보아야지

내일 아침은 뜨건 국물로 몸을 데우고 동구 밖 목련에게로 가서 그의 굳은 볼에 내 가슴을 맞춰봐야지

그가 놀라서 눈 뜨는 걸 보고 또 보고, 또 보아야지

—「봄, 아침 해가 보내는 눈빛」 전문

이유가 무엇이든 시인은 자기 자신을 '어두운 방'에 가두었던 것이다. "겨우내 젖은 눈과 뜨락의 근심과 처마 밑의 외로움"조차 견딜 수 없었으니, 그는 자신을 유폐하지 않고서는 '겨울'이라는 형벌을 이겨낼 도리가 없었

던 것이다. "아, 견딜 수 없는 고통은 자기를 토해내는구나"(「이른 아침, 노송을 쪼는 딱따구리」)라는 문장도, "결국 가는 길은 지워지는 길이지만 뒤에 남겨진 풍경만큼 고단한 것은 없다"(「뒤」)는 문장도, "길을 가면서 아예 육신을 털고 자기에게로 돌아가는 꽃잎을 본 적 있소?"(「꽃잎」)라는 문장도, "고요가 숨어 있는 천장 귀퉁이를 오래 바라보는 눈은 달빛보다 환해서 외롭다"(「외로운 눈은 달빛보다 환하지」)는 문장도 모두 이와 같다.

그런데 봄이 오고 방은 환해지고서야 시인은 어딘가 가야겠다는 의지가 생겨난다. "조금은 기울고 조금은 무디고 조금은 모자라고 조금은 바래지면서 // 나의 눈빛도 산정의 구름을 따라 곧 자유로워"(「눈에 그늘이 들 때」)지겠다는 것. 시인은 "지상의 모든 사랑이 저 눈빛처럼 아프지 않기를" 간절히 바라면서, "내일 아침은 뜨건 국물로 몸을 데우고 동구 밖 목련에게로 가서 그의 굳은 볼에 내 가슴을 맞춰"보면서, "그가 놀라서 눈 뜨는 걸 보고 또 보고, 또 보아야"겠다고 결심한다. 이것이 유폐에서 개방으로 향하는 '회심'이고 그 '출발'의 결정체다.

하지만, 그는 숲길 한복판에 멈춘 채로 스스로를 돌아본다. 마음 안쪽으로만 채집된 이 균열은 쉽게 봉합되지는 않기 때문이다. "불현듯 마른 떡갈나무 잎이 수면 위로 떨어질 때 / 그 위에 모로 누워, 무심한 하늘가로 난 미끄러져"(「뼈아픈 노래는 그늘을 만든다」) 가겠다는 욕망도 있지만, 그것은 욕망일 뿐이어서 마음을 정확히 비추지 못한다 — 우리는 이를 '왜상'(歪像)으로 부른다. 그가 가고자 하는 방향이 뚜렷하고 또한 갈 곳도 정해져 있더라도 그것은 1초에도 수만 번 붕괴되는 간유리 같은 결기일 수 있다. 하루라도 집을 비우게 된다면 그 "하루만큼 거미집이 되어가"(「입을 맞추다」)는 것이 우리 삶의 습속 아닌가. 따라서 "늘어지고 헐거워진 거미의 집은 오래되었다 // 흙벽 새로 들어오는 백합 향을 맡는다 // 거미와 백합 향과 나의 쓸쓸함이 한 방에서 다정하게 입을 맞춘다"(「입을 맞추다」)는 이 외롭고도 쓸쓸한 독백 속에서 어둠은 항구적이다.

어둠은 가슴에 먼저 내려앉는다

그늘에 든 새의 눈은 깊고 그늘을 빠져나가는 새의 날갯짓은 느리다

시린 달빛이 흔들리는 댓잎에 닿아 부서지는 설움처럼 바람은 늘 길 위에 있고 걸어가면서 부르는 노래는 더 아프다

우는 그대여!

길 끝의 어둠이 깊어질 때,

이 길이 낯설고 딱하다 여겨질 때,
문득 꿈꾸는 새들이 날아와서 그대의 가슴을 매만져줄 것이다

사랑하니까, 어둠은 가슴에 먼저 내려앉는다
—「어둠은 가슴에 먼저 내려앉는다」 전문

시인은 길을 걷는다. 황혼의 긴 그림자가 잿빛으로 변하고, 사물들도 제 속으로 숨어들기 시작한다. 그는 검게 덧칠되는 숲을 본다. 저 어둠은 시간차를 두지 않고 단도직입적으로 내려오며, 가장 먼저 가슴을 파고든다. 시인이 첫 문장에서 "어둠은 가슴에 먼저 내려앉는다"고 노래했을 때, '가슴'이란 육체의 어느 한 곳이 아니라 '심연'이 깃드는 장소를 의미한다. 만일 그렇다면 어둠은 바깥에서 외삽(外揷)되는 것이 아니라 오히려 심연에서 흘러나오는 내재적인 어떤 것이 아닐까.

어쨌든 가슴에 깊이 파고든 '어둠'은 세계를 검게 물들이며 허구와 현실을 모호하게 만들어버린다. 새 또한 이 '어둠'(혹은 그늘)의 그물에 포획된 듯 깊고 느리게 날아간다. 바람도 마찬가지. "시린 달빛이 흔들리는 댓잎에 닿아 부서지는 설움"처럼 갈 곳을 잃어버린 채 길 위에 서 있다. 걸어가면서 위안 삼아 휘파람이라도 흥얼거릴까 싶지만, 높낮이 없이 가늘고 길기만 한 소리는 송곳과 같아

그의 가슴을 후벼판다.

그렇게 길은 어두워진다. 어둠은 사물들과의 접경을 끊어버리고 벌려놓으며 결국은 혼자가 되게 한다. 이 길이 낯설고 딱하다고 여겨질 때 그림자는 오히려 단호하고 분명해져 홀로 된 이 감정을 고독과 외로움과 쓸쓸함으로 몰고 간다. 문득 흐르는 눈물, 그러나 그것은 사랑의 감정처럼 숨길 수 없다. 그 순간, 꿈꾸는 새들이 날아와서 시인의 가슴(혹은 '심연')을 매만진다. 어둠이 어둠을 끌어당겨 더 이상의 어둠을 생산하지 못할 때 비로소 빛으로 다시 태어나는 것처럼 새는 어둠과 함께 시인의 가슴 속으로 파고들어 어둠의 가장 깊고 충만한 때를 기다렸다. 사태가 이러하니 어쩌면 새는 "나보다 더 선하고 큰 다정함을 간직하고 있"(「나보다 더 선하고 큰 다정함을 간직한 새」)을지 모른다.

이런 면에서 시인에게 '어둠'이란 "고귀하고 고달픈 것"으로, "모든 걸 간결하게 만"드는, '사랑'의 숭고함이다—"어둠은 모든 걸 간절하게 만들지 // 겨울밤 찬 별들이 섧게 반짝이는 것처럼 너의 사랑은 그만큼 아프고 시린 거야 // 혼자 길을 걸으며 쓸쓸해진 눈빛을 달래본 이는 저녁을 아는 사람 // 안 보이는 사랑이, 너의 안 보이는 사랑이 빛날 때까지 // 어둠은 고귀하고 고달픈 것 // 꽃이 붉어도 마음이 비에 젖는다면 너의 사랑은 가까이 있는 거야"(「너의 안 보이는 사랑이 빛날 때까지」).

*

그러나 시인의 사랑이 언제나 숭고함으로 귀결되는 것은 아니다. 사랑이란 때로는 충만하고 매혹적이지만 때로는 잔혹하고 메마른 얼굴을 한다. 타자의 무조건적 받아들임이나 자기-희생 등과 같이 숭고한 도덕률로 무장할 때도 있지만 선망(羨望)과 원망, 폭력과 외설이 동시적으로 작동할 때도 있다. 라캉이 사랑을 "자신이 가지고 있지 않은 어떤 것을 주는" 것으로 기록했던 이유가 여기에 있다. 아득한 선사로부터 현재에 이르기까지 사랑은 '고귀함'과 '고달픔'이라는 상반된 두 속성이 은밀하게 교차되는 장소다. 때문에 시인의 사랑은 빛과 어둠의 접경이다. 마치 우리의 삶이 죽음과 상관되는 것처럼 말이다.

어느 집 과원果園의 매화는 일찍 만개해서 설원처럼 고와 보이더니 오늘 아침엔 시무룩하다

나도 여러 번 그 과원을 다녀갔고 또 좋아했지만 오후에 바람 불고 꽃잎이 무참히 날려서 저물녘엔 가지마다 몇 잎만 남았다

꽃 지니 꼭 열매 맺는 게 섭리라고 말하던 이는 참 가혹한 사람이다

일시에 피고 순간 가버렸으니 그 애타는 속을 누가 알랴

쯧쯧, 과원의 주인마저 매화를 모른다

눈물은 왜 무겁고 무거운 눈물은 왜 서러운가?

매화야, 나를 지워다오
매화야, 나를 지워다오
—「과원果園」 전문

이른 봄이다. 살얼음 지는 겨울이 완전히 물러가기 직전에 어느 집 과원(果園)에 매화가 만개했다. 눈처럼 수북이 쌓인 매화는 아무리 오래 봐도 그 매혹적인 자태를 잃어버리지 않는다. 설원이라는 '무릉'이 거기에 있다는 듯 매화는 있는 힘껏 피어 있다. 그러나 오늘 아침 매화의 숲은 어딘지 모르게 시무룩하다. 어제 오후, 바람이 불고 꽃잎이 무참히 날려서 저물녘엔 몇 개 이파리만 겨우 남았던 것인데 이렇게 속절없다가는 결국 다 지고 말 것이다. 열매가 맺히기 위해서는 반드시 꽃이 져야 한다고 말하는 사람도 있지만, 백 번을 양보해도 참 가혹한 입이다. "일시에 피고 순간 가버렸으니 그 애타는 속을 누가 알" 것인

가. 과원의 주인마저 그 마음을 돌보지 않으니 내심 서운할 뿐이다.

시인은 그 마음을 곁에 두고 내내 헤아린다. 그 마음을 여니 시인의 눈물이 빙하처럼 가득 고여 있다. 눈물은 무겁고 무거운 눈물은 서럽다. 맞다. 마음은 무겁고 무거운 마음은 서럽다. 숲을 걷다가 시인은 길 한복판에 멈춰 선다. 그리고 문득 떠오른 문장들을 다듬으며 노트에 적기 시작한다 — "어두워야 보인다거나 깊어진다는 것은 밖이 아니라 내 안이 공허하기 때문인데, // 어느 날 산에서 내려와 서가에 놓인 액자 한 점을 거꾸로 세워놓았더니 그 흰 백합꽃이 나를 향해 웃더군 // 하늘을 향해 그려놓았던 그 꽃잎들이 모두 바닥을 보고 있으니…… // 아, 허공에 뿌리를 둔 꽃이 더 꽃답구나 더 오묘하구나 생각이 들고 // 마침 볼기짝을 쳐서 내 시의 뿌리를 허공에 걸어둔다면 난 어떤 얼굴을 갖게 될까요"(「내 시의 뿌리」). 바로 이 문장을 마치자마자 머리 위로 우주가 새롭게 열리며 시인을 향해 기울어지는 것이다. ⓔ

달아실시선 53

마음 밖의 풍경

1판 1쇄 발행	2022년 5월 20일
1판 2쇄 발행	2022년 7월 10일
지은이	박노식
발행인	윤미소
발행처	(주)달아실출판사
책임편집	박제영
디자인	전형근
마케팅	배상휘
법률자문	김용진
주소	강원도 춘천시 춘천로 257, 2층
전화	033-241-7661
팩스	033-241-7662
이메일	dalasilmoongo@naver.com
출판등록	2016년 12월 30일 제494호

ISBN 979-11-91668-42-1 03810